Florence
Godrie
5°2

Coup de foudre

Illustration de couverture
François Roca

Laurence Gillot

Coup de foudre

BAYARD JEUNESSE

3, rue Bayard, 75008 Paris
ISBN : 2-7470-0205-5
Dépôt légal : février 2001

Loi 49956 du 16 juillet 1949 sur les publications destinées à la jeunesse

Vendredi 20 août – 18 h 10

Je suis amoureux. Depuis quarante minutes, exactement. Fou d'amour. Transi. Tout chamboulé. Ça tape dans ma poitrine, j'ai la gorge serrée. Je sens encore son regard caramel sur moi. Je nous revois rire aux éclats...

C'est au carrefour entre l'avenue Verlaine et l'avenue Anatole France que l'incident s'est produit. Maman s'empiffrait de mirabelles au feu rouge et lançait négligemment ses noyaux par sa fenêtre grande ouverte quand, soudain, la passagère de la voiture d'à côté (qui avait aussi sa vitre baissée) s'est mise à hurler :

– Non, mais ! Faut surtout pas vous gêner ! On n'est pas votre poubelle !
Maman avait lancé un noyau à l'intérieur de la voiture ! Tout de suite, elle a ri, évidemment. C'est un réflexe chez elle : tout la fait rire, et elle rit de tout. Elle s'est exclamée :
– Excusez-moi ! Je ne l'avais encore jamais faite, celle-là ! Ha ! Ha ! Ha !
La dame de la voiture, elle, ne riait pas, et maman a renouvelé joyeusement ses excuses :
– Vraiment désolée ! Si dans un ou deux ans, vous avez un mirabellier qui pousse dans votre voiture, vous saurez pourquoi ! Ha ! Ha ! Ha !
Mais la dame de la voiture bleue ne l'a pas du tout pris sur le même ton, et elle a dit à son mari qui était au volant :
– Tu entends ça, Henri ? Cette femme se moque ouvertement de moi...

Après, je n'ai plus rien entendu parce que je l'ai vue. Elle était assise à l'arrière comme moi, à moins d'un mètre de moi, fenêtre fermée comme moi, et quand on s'est regardés, on s'est mis à rire, à rire, mais à rire... Plus sa mère tempêtait et plus la mienne s'excusait, plus elle et moi, on riait. On riait en se regardant droit dans les yeux.
Quand je ferme les yeux, je me souviens mieux de son visage. Elle a une petite tête toute fine, des cheveux courts et une natte plus longue qui tombe sur son épaule. Elle a des lunettes. Rondes ? Ovales ? Rondes, je crois. Elle a aussi un foulard brun avec des éléphants dessus. Ce foulard, je l'ai tout de suite remarqué, car ma sœur Lucie a le même. Et puis, surtout, quand elle rit, ses yeux caramel se plissent à la japonaise et elle a deux petites fossettes qui creusent un peu ses joues. Un instant, elle

a collé – involontairement, je pense – son livre sur la vitre : « Le Grand... » je ne sais plus quoi. « Le Grand... », « Le Grand Me... » Peu importe, j'ai replongé mes yeux dans les siens jusqu'à ce que le feu passe au vert. Pendant que ma mère commençait à envisager de passer la première, son père a démarré en trombe. Elle s'est retournée vers moi, l'air grave. On ne s'est pas fait un seul signe de la main, on s'est juste regardés jusqu'à ce qu'on ne se voie plus.
Puis ma mère a démarré en disant :
– Tu te rends compte, Jérémy, on ne peut même plus lancer des noyaux dans la voiture de son voisin sans se faire insulter !
Je n'ai pas répondu. Je veux la revoir.

Samedi 21 août – 9 h 03

Je me réveille en pensant à la fille de la voiture bleue. Sa natte, ses fossettes, ses yeux caramel, notre fou rire.

11 heures environ

Avant d'aller prendre mon petit déjeuner, tout à l'heure, je suis passé dans la chambre de Lucie pour lui demander de me prêter son foulard à éléphants. C'est bête, je sais, mais j'ai envie de porter le même foulard qu'elle. Notre échange fut bref mais clair :
– Tu peux toujours courir ! m'a dit Lulu.
Je n'ai pas insisté. J'irai le lui piquer tout à l'heure.
Au petit déjeuner, j'ai demandé à maman si elle connaissait un livre qui s'appelait

Le Grand Me... quelque chose. Elle n'a pas pu s'empêcher de faire une plaisanterie. Cette maladie de rire de tout, à mon avis, ça se soigne. Elle m'a dit :

– « Le grand meuh » ! Bien sûr que je connais ! C'est l'histoire d'une vache révolutionnaire qui organise une mutinerie dans sa ferme...

Là, je lui ai coupé la parole, et elle m'a dit :

– Oui, mon fils ! Je connais un livre qui commence par Le Grand Me et qui s'appelle *Le Grand Meaulnes*. Je l'ai lu quand j'avais quinze-seize ans.

Maman trouve que je suis un peu jeune pour lire ce livre, mais elle m'a quand même promis de me le chercher dans sa bibliothèque. *Le Grand Meaulnes*, je suis sûr que c'est ça.

Comment la retrouver ? Je veux la revoir, et j'y arriverai. Ce soir à 17 h 30, je retournerai au croisement Verlaine – Anatole France. Si elle aussi a envie de me revoir, c'est là qu'elle ira !

18 h 24

Je l'ai vue, et elle m'a vu ! Hé ! Hé ! Hé ! J'étais sur le trottoir, je guettais toutes les voitures bleues qui remontaient l'avenue quand ils sont passés, son père, sa mère et elle. Son père s'est arrêté au feu rouge, et je crois que nous nous sommes reconnus en même temps. J'ai sursauté, elle aussi. Elle m'a regardé, moi aussi. Elle écarquillait les yeux, moi aussi. Elle m'a souri, j'ai grimacé, et le feu a viré au vert. J'aurais dû courir, faire un signe, j'aurais peut-être dû relever le numéro d'immatriculation de sa voiture... Mais, au lieu de tout ça, je suis

resté immobile, les bras ballants. Le cœur battant et les jambes en coton. La bouche bée et les yeux ronds.
Ses cheveux avaient l'air mouillés. J'ai vu sa natte, son foulard et ses lunettes. Elles sont ovales et pas rondes. Je n'ai pas vu ses fossettes, j'étais trop loin.
J'ai eu mal au ventre pendant tout le chemin du retour.

Cet après-midi, j'ai imaginé des dizaines de rencontres, des centaines de regards, des milliers de sourires. Amel est venu faire un baby-foot dans le jardin, mais je l'ai envoyé promener :
– Je suis amoureux, je ne peux rien faire d'autre !
Amel s'est immobilisé, il m'a regardé avec des yeux de homard grillé, puis il s'est exclamé :

– Encore ! De la même ou d'une autre ?
Ça m'a refait penser à Nathalie. Avec toute cette histoire, je l'avais complètement oubliée.
Comme maman qui a complètement oublié de sortir *Le Grand Meaulnes* de sa bibliothèque. Ça m'a énervé. Elle m'a dit :
– Ce n'est pas une BD, tu sais ?
Puis, faisant mine de prendre ma température, elle a ajouté :
– Jérémy, tu n'es pas malade au moins ?
J'ai hurlé :
– Arrête ! Et trouve-moi ce bouquin !
Ma mère s'est quand même retournée vers papa en lui disant :
– Tu entends ça, François ? Ton fils va lire un livre !
– En entier ? a demandé papa qui se croyait drôle.
Ils n'y comprendront jamais rien : on peut se mettre à lire par amour, oui, parfaitement !

Après, je suis allé dans la chambre de Lucie – madame était à la piscine –, mais cette furie avait prévu mon passage, elle avait posé un pot en plastique rempli de confettis sur le haut de sa porte. Quand j'ai ouvert, évidemment, le pot a culbuté, et il y en avait partout. En plus, elle avait laissé un mot au milieu du tapis : « J'ai planqué l'aspirateur et j'ai embarqué le foulard ! » Et c'était signé : « Ta sœurette qui pense à tout et qui t'enquiquine. »

Parfois j'ai envie de la claquer. Je la déteste. J'ai remis les confettis dans le pot, j'ai emprunté l'aspirateur des voisins et j'ai tout redisposé comme avant.

Quand elle est rentrée, Lucie était rayonnante. Elle avait les cheveux mouillés et les éléphants autour du cou. Elle a retiré un confetti de mes cheveux en me disant d'un air détaché :

– Je me demande bien où tu es allé traîner encore !
Je l'aurai. Je les aurai : ma sœur et les éléphants.

Dimanche 22 août – 11 heures

J'ai lu *Le Grand Meaulnes* jusqu'à minuit. Dès que je sentais mes yeux se fermer, je me levais et j'allais me passer de l'eau froide sur le visage. J'ai fait ça quatre fois de suite !
Ce matin, Lucie est venue me réveiller à 9 heures et demie. Elle est rentrée avec un masque d'éléphant ridicule qu'elle a fabriqué elle-même avec du carton et des rouleaux de papier W.-C. (pour la trompe) et, sans rien dire, elle m'a déposé un plateau de petit déjeuner sur le tapis. Puis elle est

sortie et je l'ai entendue barrir derrière la porte. C'est de l'humour, paraît-il.

J'aurais dû m'en douter, la première bouchée de croissant était piégée. J'ai mordu dans un petit mot enveloppé dans du papier d'aluminium. Le message disait : « Raconte-moi pourquoi tu t'intéresses aux pachydermes, et je te louerai mon foulard. » C'était signé : « Babar. »

Je lui ai préparé une réponse bien sentie, que je lui ai remise tout à l'heure au salon : « Je m'intéresse aux éléphants pour mieux te comprendre, ma grosse. » Signé : « Ton frérot qui t'aime tant. »

Avec ses quelques kilos en trop, j'étais sûr de mon effet : elle a essayé de me coller une gifle, que j'ai esquivée de justesse, elle m'a couru après en m'insultant, et je me suis enfermé dans ma chambre.

Tout à l'heure, je retournerai au carrefour. Je la revois en train de rire et je souris.

Pourquoi est-ce qu'elle m'attire tant ? Elle est mignonne, mais Nathalie aussi...

Toujours dimanche matin

Je n'ai jamais embrassé Nathalie. Jamais. Avant qu'elle ne parte en vacances, je lui courais après, c'est vrai. Maintenant, c'est fini. Pour être franc, je n'ai jamais embrassé une fille.

19 heures

Je suis resté une heure sous l'orage à guetter les voitures bleues sur l'avenue, mais elle n'est pas passée. Aucune voiture bleue n'est passée, d'ailleurs. J'avais pourtant préparé une pancarte à lui montrer, avec mon prénom et mon numéro de téléphone écrits dessus.

Au dîner, maman est revenue à la charge avec *Le Grand Meaulnes* :

– C'est long, ce truc-là, non ? m'a-t-elle demandé, pince-sans-rire.

C'est vraiment dur de faire partie d'une famille de barjots. Je rêve d'un père qui partirait travailler le matin et rentrerait le soir, fatigué. Comme le père d'Amel. Comme les pères de tous mes copains. Le mien écrit des livres à la maison. Il est encore en pyjama à onze heures du matin. Il traîne toute la journée avec son ordinateur portable, va de pièce en pièce, et parfois même il écrit aux cabinets, il y reste des heures et en plus, il ose en parler à la télé. Je me souviendrai toujours quand ma prof de français m'a dit avec enthousiasme : « J'ai vu ton père, hier, sur France 3. Il m'a fait beaucoup rire, surtout quand il a montré comment il danse devant la télé quand la France marque des buts. »

En rentrant, je me suis précipité sur le magnétoscope. Une honte ! Il y avait de quoi rester cloîtré chez soi pendant un mois. Heureusement, l'émission était passée à 10 heures du soir et aucun de mes copains ne l'avait vue !

20 minutes plus tard

Ça y est ! J'ai le foulard de Lucie !

Tout à l'heure, je lui ai dit :

– Excuse-moi, je ne te trouve pas si grosse que ça, mais je suis tombé amoureux d'une fille qui a le même foulard que toi. Est-ce que tu peux me louer le tien ?

Ma confidence lui est allée droit au cœur.

Elle m'a demandé :

– Comment elle s'appelle ?

Je ne sais pas pourquoi, j'ai répondu :

– Anna.
Et elle a commenté :
– Un vrai prénom de bourge !
Lulu n'aime pas les bourgeoises parce qu'elle aurait voulu en être une. Elle a honte de la 405 break toute pourrie de papa. Moi, j'ai plutôt honte de la R5 orange de maman. Pas parce qu'elle est pourrie, mais parce qu'elle est orange. Je suis sûr que la fille de la voiture bleue a remarqué que j'étais dans une voiture orange.
J'ai demandé :
– Alors, tu me le loues combien, ton foulard ?
– Je te le prête, mais à une condition : dis-moi si Amel a une petite copine.
J'ai répondu non, et elle m'a donné les éléphants. Hip hip hip ! Hourra !

Lundi 23 – 11 heures

J'ai dormi avec *Le Grand Meaulnes* (là, dans ma tête, j'entends maman dire : « Ça a été ? Vous n'étiez pas trop serrés ? »). Donc, je précise, j'ai dormi avec le livre *Le Grand Meaulnes*, sous l'oreiller, et avec les éléphants autour du cou.

Je pense toujours à elle. Mes dernières et mes premières pensées sont pour elle. Ce soir, je viendrai avec ma pancarte et, une heure après, elle me téléphonera. Je rêve de cette conversation. Je lui dirai : « Je m'appelle Jérémy, j'ai treize ans et j'aimerais que tu aies envie de me revoir. »

Subtil comme entrée en matière... Elle me dira son prénom et elle acceptera un rendez-vous. Alors moi, qui aurai tout prévu, je lui dirai : « Rendez-vous tout de suite sous le palétuvier norvégien du parc Sainte-Marie ! »

Elle rira pour accepter, je sauterai sur mon vélo et je filerai au parc comme un malade. Je passerai acheter des mirabelles et je les lui offrirai dès son arrivée. Pour rire.

Encore dix jours de vacances avant la rentrée. Amel m'a proposé d'aller camper quatre jours dans le jardin de sa tante en Suisse avec sa sœur, son grand frère, la femme de son frère. C'est décidé, je n'irai pas. Je ne sais pas encore comment je vais le lui dire. Quand je vais lui expliquer que je reste pour regarder passer une fille dans une voiture, il va bondir. Je l'entends déjà :
« Tu restes pour un fantôme ? »
J'ai l'impression que Lucie s'intéresse à lui. Il faudra que je dise à Amel de se méfier. C'est mon meilleur ami, quand même.

18h08

Crotte et crotte de crotte ! Moi en train de brandir ma pancarte à l'envers, ça devait être quelque chose ! J'ai honte, je suis vexé, je m'en veux ! Je m'en veux, je m'en veux, je m'en veux. Je me revois souriant avec mon carton à la main, et je suis mortifié. Mortifié, je ne sais pas exactement ce que ça veut dire, mais c'est le premier mot qui me vient à l'esprit.

D'abord, je l'ai vue, elle m'a vu, et on était habillé pareil : T-shirt blanc et foulard à éléphants ! Elle est passée comme d'habitude entre cinq heures et demie et six heures moins vingt, et là, j'en suis sûr, elle m'attendait. On s'est regardés jusqu'à ce qu'on ne se voie plus, mais cette fois on s'est souri. Un large sourire. Je brandissais ma pancarte avec conviction, j'étais comme sur un nuage. Dix secondes de bonheur, le temps que son père ralentisse au feu rouge et réaccélère aussitôt au vert.

Peut-être a-t-elle parlé de moi à sa meilleure amie, peut-être sont-elles en ce moment même en train de se moquer de moi, *because* la pancarte retournée...

Si j'ai retourné la pancarte, c'est parce qu'elle me bouleverse. C'est aussi parce que j'ai passé une drôle de journée. Lulu sort avec Amel ! Enfin, pas encore, mais presque. Un rude coup.

En début d'après-midi quand Amel est arrivé à la maison, j'ai voulu le prévenir :

– Méfie-toi, ma sœur te drague. Hier soir elle m'a demandé si tu avais une petite amie.

Amel a bondi :

– C'est vrai, elle t'a demandé ça ?

Je l'ai vu tout rêveur pendant quelques

secondes. Émouvant. C'était émouvant, si, si ! Puis il m'a dit :
– Tu vas rire, mais elle me plaît bien, ta sœur.
C'est bizarre, ça ne m'a pas fait rire. Au contraire, j'ai hurlé :
– Quoi ? Mais, mon pauvre Amel, ne rentre pas dans cette galère ! D'abord, Lucie n'a pas inventé le yaourt et, ensuite, elle est pénible. Et collante avec ça, mais alors co...
C'est à ce moment-là que Lucie est arrivée dans la cour (parce que nous étions dans la cour) et qu'elle a terminé ma phrase :
– ... llante.
J'étais gêné et furieux.
Évidemment, elle a fait à Amel un numéro de charme incroyable : sourires, gloussements pour un oui pour un non, rimmel... Et Amel est rentré dans son jeu comme un

gamin, roucoulant lui aussi à l'occasion. Je me sentais de trop, et je suis parti.
Amel a quatorze ans, et ma sœur bientôt quinze. Moi, je préférerais sortir avec une fille plus jeune que moi.

Mardi 24 – 11 heures

Pas le moral.
Quand je me suis réveillé ce matin, j'ai aussitôt repensé à ma pancarte retournée et, depuis, je n'ai pas le moral. Toute cette histoire me paraît idiote, et mes sentiments de ces jours derniers complètement ridicules.
Hier, j'ai essayé de continuer *Le Grand Meaulnes*, mais je n'ai pas réussi à me concentrer. Je me revoyais en train de brandir ma pancarte à l'envers, je revoyais le cinéma de Lucie, les yeux à la *Tex Avery* d'Amel, et je revoyais ma sœur, radieuse,

entrer dans la cour et terminer ma phrase. Et comme il faut toujours une cerise sur un gâteau, quand je suis allé prendre mon petit déjeuner en bas, tout à l'heure, je suis tombé sur papa qui essayait de taper sur son portable avec ses orteils. Un spectacle désolant. Il a vu mon regard et s'est justifié :

– Mon héros est handicapé, et j'aimerais bien qu'il écrive un roman avec ses pieds. Alors, j'essaie pour voir si c'est possible ! Tu comprends ?

Je comprends surtout, une fois de plus, que je fais partie d'une famille de dingos.

Aujourd'hui, rien de prévu. Je vais passer ma journée sous le walkman : Nirvana, Red Hot Chili Pepper et re-Nirvana et re-Red Hot Chili Pepper. Je changerai d'endroit de temps en temps. Un coup au soleil, un coup à l'ombre, un coup dedans, un coup dehors, ça va être bien.

23 heures

J'aurais dû faire ce que j'avais décidé ce matin : passer une journée entière sous le walkman. À l'heure qu'il est, je n'aurais pas un œil au beurre noir et des bleus partout !

Il était trois heures, et on faisait du roller à la halle aux figuiers avec Amel et Lucie quand la Bande est arrivée. Ça faisait longtemps qu'on n'avait pas entendu parler d'eux, on les avait presque oubliés. Mais, manifestement, ils sont tous rentrés de vacances, et ils sont toujours aussi idiots.

C'est le grand Laurent Saintonge qui a commencé. Il a regardé Amel et lui a dit :

– La halle est interdite aux bougnoules ! Alors dégage !

Amel et moi, on n'a rien dit. C'est Lucie qui a répondu :

– Mais tu n'as rien compris, mon pauvre Laurent, la halle est interdite aux racistes ! Alors, c'est toi qui dégages !
Lucie était superbe. Elle n'avait pas peur, je crois, et le grand Laurent était visiblement déstabilisé. Mais le petit rouquin a aboyé :
– Ne te laisse pas embobiner, Laurent ! Ce macaque n'a rien à faire là quand on y est. Un point, c'est tout !
Et il a poussé Amel. Lucie, qui patine vraiment bien, s'est interposée, demandant ce qu'il reprochait à Amel.
– Tout simplement de rouler sur les pistes des Français ! a lancé avec mépris Axel Lieti, le dernier de la bande, le plus discret mais aussi le plus mauvais.
Là, Lucie a hurlé :
– Mais Amel est français ! Il est né ici ! Et toi avec un nom comme Lieti, tu dois être un Français pure souche, c'est sûr !

Décidément, Lucie était magnifique. C'est la première fois depuis ma naissance qu'elle me fait une si bonne impression.
– Elle m'a traité de Rital ! a hurlé Axel Lieti.
Axel a giflé Lucie. Et, boum ! Lucie en a retourné une à Axel. Moi, je me suis senti obligé de protéger ma sœur, et j'ai donné un coup de poing à Axel. Ce n'est pas Axel qui me l'a rendu, c'est Michaël, ce teigneux. Amel m'a défendu, etc., etc. C'était un triste combat sur roulettes. Je les hais.
Quand les flics sont arrivés, la bande s'est volatilisée, évidemment. Ils nous ont amenés aux urgences de l'hôpital Sainte-Madeleine pour soigner nos yeux. On en est sortis à 18 heures avec nos rollers à la main.
Pendant tous les soins, Lucie a donné la main à Amel. Moi, je me suis tenu la main tout seul comme un grand.

Mercredi 25 – 10 h 30

J'ai rêvé d'elle cette nuit. Je sortais de chez moi, et elle était là. Nous nous sommes regardés, elle souriait. Puis j'ai voulu lui donner la main, mais elle n'existait pas ! À la place de sa main, il y avait du vide.

J'ai crié, et ça m'a réveillé. Ou plutôt le contraire : ce rêve m'a réveillé et j'ai crié... de douleur parce que j'ai mal partout. Ce matin, chacun de mes mouvements est une torture, et mon œil est gonflé, vert et violet. Très joli.

Je ne suis pas encore descendu prendre mon petit déjeuner : j'ai trop peur de tomber sur papa en train de peindre avec un pinceau coincé dans l'oreille.

Bon, je descends quand même, j'ai trop faim.

Mercredi midi

Quand je suis allé à la boulangerie, j'ai cru la voir. Quand le téléphone a sonné tout à l'heure, je me suis dit que c'était elle. Quand le facteur est passé, j'ai couru rêvant d'une lettre d'elle. Je suis fou mais je suis sûr qu'elle aussi pense à moi. J'en suis sûr, archisûr.

18h30

« Demain, 17 heures, 43, rue Lionnois, Lulla. » « Demain, 17 heures, 43, rue Lionnois, Lulla. » « Demain, 17 heures, 43, rue Li... »
Je ne cesse de relire le mot qu'elle m'a jeté en passant devant moi sur l'avenue. Le feu était vert, la voiture bleue allait vite

– qu'est-ce qu'il roule vite, son père ! – et sa lettre a voltigé dans tous les sens. Elle est finalement tombée au milieu de l'avenue, plusieurs voitures ont roulé dessus, et j'ai dû attendre le feu rouge pour la ramasser.
Je tremblais. De joie, de peur. À ce moment précis, je me suis dit que la vie était fabuleuse.
Elle a une belle écriture ronde. Youpi, j'ai rendez-vous avec elle ! Je suis fou, j'écris n'importe quoi ! J'ai envie de raconter tout ça à quelqu'un, mais à qui ?
Amel, son frère, sa sœur sont partis camper chez leurs cousins en Suisse avec Lulu. Elle a tellement bien baratiné papa et maman qu'ils ont accepté qu'elle y aille. Amel m'a invité à venir avec eux, mais j'ai refusé. Pas envie.
43, rue Lionnois... C'est chez elle ? Chez une copine ? Je rêve du moment où je vais

sonner et où elle viendra ouvrir. J'aurai ma casquette, le foulard à éléphants, un T-shirt blanc, et je serai mort de trouille...

Jeudi 26 août – 9 h 43

Encore sept heures et dix-sept minutes à attendre avant de la voir.

12 h 07

Encore quatre heures et cinquante-trois minutes. Je tourne en rond. J'ai acheté des mirabelles au marché. Le temps ne passe pas vite.

18 h 17

Handicapée. Elle est handicapée. Tout tourne autour de moi. J'ai envie de pleurer. Le 43, rue Lionnois est un centre de rééducation fonctionnelle.

Quand je suis arrivé, elle m'attendait au milieu du hall dans un fauteuil roulant. J'ai cru que le monde s'écroulait. J'avais tout imaginé sauf ça. Elle m'a souri, le même sourire que dans la voiture, et j'ai remarqué ses petites fossettes. J'ai marché jusqu'à elle, j'avais les jambes en coton. Je me suis planté devant elle avec maladresse. Incapable de sourire, incapable de parler.

– Je suis Lulla ! m'a-t-elle dit avec un accent.

– Et moi, Jérémy, ai-je répondu, la voix toute nouée.

Elle a répété avec effort :

– Jeureumy.
J’ai repris :
– Jérémy.
Puis elle m’a montré mon foulard et le sien en disant : « C’est pareil ! » Et nous avons ri. Enfin, pour être très sincère, je me suis forcé à rire. J’avais envie de partir, mais je me suis quand même assis à côté d’elle. Le fait qu’elle est handicapée m’anéantit complètement.
– Je suis bosniaque, m’a-t-elle dit encore.
Et, comme un idiot, j’ai répondu :
– Et moi, je suis français.
J’ai été mauvais. Elle a ri. Moi, j’ai fait semblant. D’ailleurs, peut-être qu’elle aussi a fait semblant. Puis il y a eu un grand silence. Je déteste les silences.
Elle n’avait pas l’air gêné. Elle me regardait en souriant, plutôt détendue, et de nouveau elle a pris la parole :

– Je ne parle pas bien français.
– Et moi, je ne parle pas du tout bosniaque.
Et, pour la première fois, j'ai plongé mon regard dans le sien. J'adore vraiment ses yeux noisette et ses lunettes ovales. J'étais terriblement ému. Surtout quand elle m'a dit qu'elle avait « oune petite » cadeau pour moi, et qu'elle a retiré de dessous son siège un sachet de mirabelles.
J'ai rougi, j'ai souri et j'ai retiré de mon sac à dos le même sachet de mirabelles. Elle m'a tendu le sien, et j'ai dit :
– Merci !
Je lui ai donné le mien, et elle a dit :
– Merci !
On a ri de bon cœur, puis le silence s'est réinstallé entre nous. C'est elle qui a engagé la conversation : elle m'a montré mon œil en mimant une bagarre avec ses poings.
J'ai fait signe que oui avec ma tête, et elle a

fait mine de me gronder, en agitant le doigt, toujours en riant.

Et de nouveau le silence.

On a mangé des mirabelles, et elle a commencé à jouer sur la table avec les noyaux. Elle a fait un carré, moi un rond. Elle a fait un escargot, et elle a mis ses doigts sur son front pour faire des cornes.

Je me sentais bizarre, je n'osais pas regarder ses jambes, ses pieds.

À 6 heures tapantes, ses parents sont arrivés. Son père m'a dit dans un français impeccable :

– Bonjour, jeune homme !

J'ai hoché la tête sans rien dire. Son père a passé très tendrement la main dans ses cheveux. Sa mère avait un sourire forcé, et ils l'ont amenée vers la sortie. Leur voiture était garée sur le trottoir avec les warnings. Son père l'a portée dans la voiture, sa mère

a plié son fauteuil et l'a mis dans le coffre. Moi, je regardais tout ça depuis le hall. Elle m'a fait un signe de la main, et la voiture a démarré.
Et voilà, j'ai repris mon vélo. On ne s'est pas donné rendez-vous, je ne sais pas si j'ai envie de la revoir.

Encore jeudi, 23 heures

Mais pourquoi est-elle handicapée ? Je ne pense qu'à ça. Je ne pense qu'à ses pieds de travers et à son fauteuil.

Vendredi 27 août – 11 heures

Lucie n'en rate pas une.
En descendant prendre mon petit déjeuner tout à l'heure, j'ai trouvé une carte postale

sur la table de la cuisine. Elle était adressée à « Anna, chez Jérémy Garnier ». J'ai mis un moment à me souvenir qui était Anna. Anna, c'était Lulla quand je ne connaissais pas encore son prénom. Anna, c'était le mensonge que j'avais raconté à Lucie pour avoir le foulard à éléphants. La carte disait : « Chère Anna que je ne connais pas... J'imagine que tu souhaiterais avoir de plus amples détails sur mon frère, et je te comprends. Tu m'appelles dans une semaine, d'accord ? Bon courage ! Lucie. »
Évidemment, la carte était postée sans enveloppe, histoire d'en faire profiter toute la famille. Maman avait dû la lire, papa aussi. Et pourquoi pas le facteur ? On croirait que ma sœur a été envoyée sur terre exprès pour casser les pieds de tout le monde.

Qu'est-ce que je vais faire ce soir ? Aller sur le boulevard ? Rester chez moi ? Je ne sais plus. Je me déteste. Je ne veux pas qu'elle soit handicapée. Pas handicapée !

Encore vendredi midi

Je pense à un truc : comment peut-elle lire *Le Grand Meaulnes* alors qu'elle parle à peine français ?

18 h 30

Je ne sais pas pourquoi, mais j'y suis retourné. Je l'ai demandée à l'accueil, et elle est arrivée en béquilles en marchant difficilement et de manière très déhanchée. Aussitôt, elle m'a souri. Ses petites fossettes ont sculpté ses joues. Elle était contente de me voir. Moi aussi, mais ses jambes me dégoûtent.

D'un air très gai, elle m'a dit :
– Bonjour !
– Bonjour ! Je ne te dérange pas ?
Elle n'a pas répondu, peut-être n'a-t-elle pas compris, et elle est allée s'asseoir au même endroit qu'hier. Elle a sorti de son sac à dos un dictionnaire franco-serbo-croate et a commencé à parler :
– C'est gentil d'être là. Je suis ici il y a deux mois.
Je lui ai demandé où elle était avant :
– Sarajevo, m'a-t-elle répondu.
Puis, avec ses bras, elle a imité un fusil en faisant pan, pan, et elle m'a montré son dos. Je suppose qu'elle a pris une balle dans la colonne vertébrale pendant la guerre. Je ne comprends rien à cette guerre. Je sais qu'il y a les Serbes, les Croates, les Bosniaques, c'est tout. Je sais aussi qu'il y a des snipers qui tirent sur n'importe qui. Peut-être que

Lulla s'est pris une balle perdue.
Mon œil a viré au vert amande, ça l'a fait rire.
Moi, ça me fait mal.

21 h 30

Le roman que papa est en train d'écrire se passe à Sarajevo ! C'est l'histoire d'une journaliste française : elle est tombée amoureuse d'un Bosniaque qui a perdu l'usage de ses mains à la suite d'une brûlure de guerre. Lui veut témoigner et écrit un livre avec ses pieds.
Cette coïncidence entre son histoire et la mienne me bouleverse. Tout à l'heure, à table, quand papa racontait tout ça, je tremblais d'émotion. Maman a remarqué mon trouble et, pour une fois, elle n'a rien dit. Pas de plaisanterie lourdingue, pas de réflexion. Juste un sourire.

Papa, lui, était très heureux que je m'intéresse à son travail. Il parlait beaucoup. J'ai dit :
– La journaliste pourrait quand même aider ton héros ! Elle pourrait taper à l'ordinateur ce qu'il lui dicterait ! Ce serait plus facile pour lui !
Je me sens tout bizarre. J'ai l'impression que papa est en train d'écrire mon histoire. Et s'il lisait mon journal en mon absence ? Après tout, ma chambre n'est jamais fermée à clé, et mon journal n'est jamais caché... Je lui ai demandé comment son livre se terminait, mais il m'a dit qu'il ne savait pas encore. Et puis, je lui ai posé des questions sur Sarajevo. Papa était content de me répondre, cela faisait longtemps qu'on n'avait pas parlé comme ça.

Samedi 28 août – 11 heures

Je me suis promené avec Nathalie au parc Sainte-Marie.
Elle est rentrée de vacances hier soir et, à 8 heures ce matin, elle a téléphoné. Comme prévu, elle est bronzée. Elle n'a pas arrêté de parler. Ça m'a énervé. Elle m'a proposé d'aller faire du roller à la halle aux figuiers, mais j'ai refusé. Depuis ce qui s'est passé, je n'ai pas envie d'y retourner.
Je la regardais, et au-dessus de son visage, en transparence, je voyais celui de Lulla. Je regardais ses pieds nus, tout fins dans ses sandalettes, et en transparence je voyais les bottes de rééducation de Lulla.
Ça fait comment, une balle dans le dos ? J'ai mal pour elle.

18h20

Je ne l'ai pas vue.
« Le samedi, c'est piscine pour Lulla ! », voilà ce que m'a dit la dame à l'entrée. Je me suis quand même assis. J'espérais la voir arriver, les cheveux mouillés.
Plusieurs personnes ont traversé le hall. Certains en fauteuil roulant, d'autres avec des béquilles. À la fin, je me sentais tellement mal que je suis parti. Je suis rentré en pédalant comme un fou. Pourquoi est-elle handicapée ? Je crie dans ma tête. C'est insupportable.
Je nous imagine dans la rue, et j'entends déjà Lucie, Amel et tous les copains derrière mon dos : « Vous avez vu, Jérémy, il sort avec une fille en fauteuil roulant ! »
J'ai honte de penser comme ça.
Lucie, Amel et les autres rentrent demain soir.

Dimanche 29 – midi

Je viens de jouer au baby-foot avec papa. Cela faisait au moins un an qu'on n'avait pas joué ensemble. J'aimerais bien lire ce que papa écrit, mais je n'ose pas le lui demander. Je n'ai jamais rien lu de lui, je sais tout juste de quoi parle son dernier bouquin.
C'est la rentrée dans une semaine, j'espère que Nathalie ne sera pas dans ma classe. Vivement demain.

Dimanche soir – 11 heures

Amel et Lulu sont rentrés de Suisse. Avec Amel, ce n'est plus comme avant. J'ai l'impression que pour lui, maintenant, je suis simplement le frère de Lucie.

Il n'y en avait que pour Lulu, ce soir à table. Elle était fière de raconter qu'elle avait réussi à attacher des boîtes de conserve à la queue d'une vache. Ça a beaucoup plu à papa. Il lui a dit : « Qu'est-ce que j'écrirais dans mes livres si je ne t'avais pas ! Lulu, tu es ma muse ! »
C'était beaucoup mieux quand Lulu n'était pas là.

Lundi 30 août – midi

J'AI SON FOULARD ! Je n'arrête pas de fourrer mon nez dedans, j'aime son parfum. J'ai son foulard et... elle a le mien ; enfin, celui de Lucie. Elle a cousu une perle blanche sur l'œil d'un des éléphants.
– Magique ! m'a dit Lulla en me la montrant.
Ce matin, vers neuf heures, j'ai décidé de me rendre sans la prévenir au centre de

rééducation. Au risque de ne pas la voir. Au risque de la déranger. J'ai pris mon vélo, et j'ai pédalé fort. La dame de l'entrée m'a reconnu, je n'ai pas eu le temps d'ouvrir ma bouche, elle s'est aussitôt levée en disant : « Je vais la chercher », et Lulla est arrivée dans son fauteuil, dix minutes plus tard. Elle a souri, et ses petites fossettes ont creusé ses joues. Mon cœur a bondi. Je n'ai pas bougé. C'est elle qui a roulé vers moi et qui m'a tendu la main. Mon cœur a rebondi quand j'ai glissé ma main dans la sienne.

– Bonjour, Jérémy ! m'a-t-elle dit, toujours en souriant.

Moi, si je n'avais plus de jambes, je ne sourirais pas comme elle, j'en suis sûr. Je lui ai répondu :

– Bonjour, Lulla ! Est-ce que je te dérange ?

J'essayais de bien articuler pour qu'elle comprenne. Elle m'a fait couci-couça avec

son autre main, et elle m'a dit : « Café ? »
Je n'avais jamais vu qu'il y avait un distributeur de boissons dans ce coin du hall. Nous y sommes allés, c'est moi qui ai payé. Elle a pris un 12 (café au lait) et moi un 26 (chocolat froid). Et nous avons rejoint nos places.

Le silence ne me gênait pas. J'étais bien. C'est à ce moment qu'elle a dénoué son foulard à éléphants pour le passer autour de mon cou. J'ai fait de même. Je tremblais, je devais être rouge pivoine, mais peu importe. Elle m'a dit :

– Merci, monsieur.

J'ai réussi à bafouiller :

– Merci, madame.

Pendant que j'écris, je respire son foulard, et je l'aime encore plus.

Je ne cesse de penser aux héros de papa. Depuis hier, je cache mon journal sous mon matelas même si je suis sûr qu'il ne vient pas le lire en mon absence.

19 heures

Je suis invité à dîner chez elle demain soir ! Sa mère n'est pas sa mère, et son père n'est pas son père. Ses parents sont restés à Sarajevo. Son père est un haut fonctionnaire du gouvernement bosniaque et, après son accident, il a demandé à des amis français de l'accueillir chez eux, le temps d'une rééducation sérieuse et d'une convalescence au calme. Elle a reçu un éclat de bombe dans le dos, elle a été opérée à Sarajevo, puis transportée en France, où elle a été réopérée.
C'est le monsieur chez qui elle habite qui me l'a raconté : Henri Lebreton. Tout à l'heure, quand il m'a vu à son côté, il m'a dit :

– C’est gentil de vous occuper de Lulla.
J’ai tout de suite pensé : « Je ne m’occupe pas d’elle, je l’aime. »
Puis il m’a parlé d’elle, de sa famille, de son accident. Notre conversation aurait pu durer bien plus longtemps si madame Lebreton – quelle rabat-joie, celle-là ! – n’avait pas regardé sa montre :
– Bientôt moins le quart, Henri ! Il faut y aller.
Il m’a laissé sa carte de visite en me disant : « Venez demain soir si vous voulez ! » Bien sûr que je veux ! Il a regardé sa femme, qui a ajouté froidement :
– À 19 heures.
Ils habitent rue des Brices, rue chic !

21 heures

Waouh ! La baraque ! Maison de pierre avec vitraux, sculptures sur la façade, pelouse, grille en fer forgé... Rien à voir avec la mienne, petite, aux volets déglingués, à la peinture bleue écaillée, avec la gouttière qui pendouille.
Il n'y avait personne dans le jardin. En bas, tout était éteint, et en haut deux fenêtres étaient illuminées. J'ai attendu un peu.
Au retour, j'ai déraillé avec mon vélo.

Mardi 31 août – 11 heures

Elle a pris un 12 et moi, un 26. On s'est assis à nos places et, aussitôt, elle a sorti un appareil photo de son sac et m'a mitraillé dans tous les sens en train de boire mon

chocolat ! Ensuite, elle a fait des autoportraits de nous à tour de bras ! Elle faisait des grimaces, elle riait. Je l'aime.
Quand son kiné est venu la chercher, il l'a grondée, disant qu'il l'attendait depuis une demi-heure, qu'elle n'était pas sérieuse.
J'ai porté la pellicule chez le photographe.

Ce soir, je vais dîner chez elle. Maman n'a pas posé de questions, elle m'a seulement proposé de prendre des sachets en plastique pour rapporter discrètement les restes du repas. Évidemment cela a fait rire papa. J'ai soupiré, leurs plaisanteries m'exaspèrent.

Mercredi 1er septembre – 9 heures

Tout se bouscule dans ma tête. Hier soir, j'ai tenu sa main pendant deux heures. J'ai aussi appris qu'elle repartait demain matin à Sarajevo. Je suis heureux et triste à la fois. J'ai mal au ventre. J'ai la poitrine en feu, je tremble du dedans.

Quand je suis arrivé chez elle, il y avait déjà une bonne vingtaine de personnes. Je ne m'y attendais pas.
– C'est une tradition, le 31 août, nous organisons une réception avec quelques amis, m'a expliqué Henri, nœud-papillonné.
Elle était assise dans un coin du jardin, sur une chaise. J'ai foncé sur elle et elle m'a dit en souriant :
– Je attendais toi.
Je l'ai regardée droit dans les yeux, elle m'a

regardé droit dans les yeux. Je tremblais du dedans. Puis j'ai sorti les photos de mon sac. Je lui ai dit :
– Je attendu toi pour les regarder.
On a beaucoup ri. Beaucoup. À tel point qu'Henri est venu vers nous. C'est là que j'ai appris qu'elle prenait l'avion jeudi, qu'elle rentrait au lycée à Sarajevo lundi, qu'elle avait beaucoup progressé en France, qu'elle continuerait sa rééducation là-bas, qu'il n'y avait plus de risques en Bosnie maintenant, que ses parents et ses sœurs l'attendaient avec impatience, et patati et patata.
Plus il parlait, plus j'avais l'impression de prendre des coups de massue sur la tête. Et puis une dame en tablier est passée avec un plateau de coupes de champagne. Henri m'a invité à en prendre une et lui en a tendue une, à elle aussi.

À la première gorgée, j'étais déjà gris, j'ai posé mon verre. Henri est parti, je me suis rassis à côté d'elle, et j'ai articulé :

– Je ne veux pas que tu partes !

Elle m'a répondu :

– Viens !

Ça a été tout un cirque pour ramasser ses cannes et pour se lever. Je l'ai suivie dans la maison jusqu'à un petit salon, et elle est venue se blottir contre moi. Je sentais le métal de ses béquilles contre mon bras, je sentais la monture de ses lunettes sur mon épaule. J'ai respiré une bouffée de son parfum, je ne savais pas où mettre mes mains. Après, elle s'est assise dans un fauteuil et je me suis agenouillé devant elle. Sans rien dire, sans rien faire. Dans la pénombre, dans le brouhaha des conversations du dehors.

C'est un invité qui est entré et qui a allumé la lumière.

C'est là que j'ai vu sur la table à côté de moi *Le Grand Meaulnes*. Je lui ai demandé si elle l'avait lu. Pour toute réponse, elle m'a tendu le livre. Je l'ai feuilleté : elle avait collé des photos dedans ! Il y avait sa mère, son père, ses sœurs, ses amis, sa maison, des paysages ravagés par la guerre. Avec un gros feutre noir, elle avait écrit des choses sur le texte, des choses que je ne comprenais pas, évidemment.
Je ne lui ai pas dit que j'avais lu *Le Grand Meaulnes* à cause d'elle. Trop compliqué.

15 heures

Je suis allé la chercher au centre de rééducation, et je l'ai emmenée pique-niquer dans un parc, tout près. J'ai poussé son fauteuil. C'était la première fois que je touchais à un siège roulant. Et puis je me suis

mis à courir tout en la poussant. Elle criait, elle riait, elle a renversé la tête pour me voir et nous nous sommes regardés comme ça. J'avais envie de l'embrasser, mais je n'ai pas osé.
Elle part demain.

Mercredi encore – 22 heures

Je reviens de la rue des Brices. Elle a écrit son adresse sur mon bras, on avait un crayon, mais pas de papier ! J'ai écrit la mienne au creux de sa main. Elle n'a pas arrêté de se tortiller, elle est chatouilleuse. Elle part demain, elle pleure sans pleurer, j'ai l'impression d'avoir l'intérieur de mon corps tout brûlé, à vif.
Je regarde nos photos, c'est tout ce qui me reste d'elle avec son foulard. Je veux la revoir. Je veux la revoir.

Jeudi 2 – matin

J'écris au moment même où elle décolle : 6 h 40. Je n'ai pas dormi de la nuit. J'ai envie de pleurer, mais les larmes ne viennent pas.

Jeudi soir

J'ai Bénard en maths, Courcel en français et la mère Louis en allemand. Nathalie est dans ma classe. Amel est dans une autre quatrième. J'aurais préféré le contraire. Nathalie s'est assise à côté de moi. Je n'ai rien écouté de la journée, je n'ai rien mangé à midi, je n'ai pensé qu'à Lulla. Tout le temps. Je l'ai imaginée à l'aéroport, dans l'avion. J'ai imaginé son arrivée, ses parents, ses sœurs. Les embrassades.
Je suis malheureux.

En rentrant du collège, je suis allé acheter un paquet de pâtes à soupe en forme de lettres et je lui ai écrit avec. Pour la faire rire. J'ai collé chaque lettre avec du scotch sur une grande feuille blanche. Sobre. Un J, puis un E. Plus loin un T et plus loin encore un A, un I, un M, un E. Et puis j'ai signé Jérémy.

Ce soir, papa m'a donné des nouvelles de ses héros. Il est en train de terminer son livre. Il va faire rentrer la journaliste en France.

J'ai dit : « Ça se termine mal ! », et il m'a répondu : « Je le ferai aller en France dans un prochain livre. »

Moi, je me ferais bien aller à Sarajevo à Noël.

Si tu souhaites
découvrir un autre roman
de la collection *Je bouquine*,
voici les premières pages de

Mon grand petit frère

de Brigitte Peskine

On ne se rend pas compte quand on est une famille ordinaire. Je me souviens d'une phrase de mon copain David, le jour de notre entrée en cinquième. Ses parents étaient en train de divorcer. Je ne sais plus ce que je lui avais dit, mais il m'a brutalement agressé :

– Tu ne peux pas comprendre. Tu n'as jamais eu de problème.

Ça m'a paru injuste et faux. J'avais des tas de problèmes. Mes nouveaux professeurs connaissaient déjà mon frère aîné, et ça m'énervait : je n'aime pas être comparé.

Ma mère était de mauvaise humeur parce qu'elle espérait avoir une classe de CP, mais le nouveau directeur de son école lui avait confié un CE1. Mon père, informaticien, ne cessait de parler de crise et de licenciement. J'avais peur de ne pas être accepté dans l'équipe de foot du collège à cause de mon petit gabarit.
Aujourd'hui, un an plus tard, je comprends la phrase de David. Il m'arrive d'attaquer ceux que la vie a épargnés, de les traiter d'idiots et de pourris-gâtés. Après, je regrette : ce n'est pas leur faute s'ils ont de la chance.
Tout a commencé pendant les vacances de Pâques, cette fameuse année de cinquième. Nous étions partis camper en Ardèche, papa, maman, Xavier et moi.
Le clou du voyage serait la nuit passée sur une île au milieu d'un lac artificiel,

près des ruines d'un château fort ; à treize et douze ans, Xavier et moi n'étions que moyennement intéressés par les pérégrinations* parentales et, à chaque expédition, papa et maman cherchaient la sucette capable de nous attirer.

Mon frère était enrhumé quand nous avons quitté le camping, sac au dos, pour l'île du Lac noir. Il faut dire qu'il avait beaucoup plu et que nous avions tous plus ou moins attrapé froid. Papa portait la tente, maman la nourriture, et chacun son sac de couchage. C'était la première fois que nous partions pour une marche de deux jours. Je me sentais presque un aventurier. Nous avions acheté de grandes capes imperméables pour nous protéger de la pluie.

* Des voyages, des allées et venues.

Généralement, quand nous marchions tous les quatre, Xavier caracolait en tête, avec papa, et il parlait sans discontinuer. Ça m'agaçait. Je restais avec maman, quelques pas derrière, et c'était elle qui bavardait. Il paraît que plus les aînés sont loquaces, plus les cadets sont silencieux. En tout cas, chez nous, ça se passait ainsi. Xavier était plus grand, plus fort, plus expansif que moi. Il en profitait pour accaparer notre père, qui adorait ces conversations d'homme à homme avec son fils aîné. Moi, j'étais encore le petit.

J'aurais dû comprendre que Xavier n'était pas seulement enrhumé. Il se traînait sans dire un mot. Mais j'étais si content de marcher, pour une fois, en tête ! De découvrir avec papa les surprises du chemin. De dire des choses intelligentes. D'être enfin pris au sérieux.

À la pause du déjeuner, je dévorai mes sandwiches plus ceux de Xavier, qui n'avait pas faim. Il était abattu, et mes parents lui reprochèrent de faire la tête. D'habitude, c'était moi qu'ils accusaient de leur gâcher leur plaisir, quand j'avais soif, ou mal aux pieds, ou envie de faire pipi au mauvais moment...

Oui, j'étais content, ce jour-là, d'être le bon fils.

Comme mon frère était de plus en plus grognon, nous renonçâmes à la visite au Gouffre du Diable, où se trouvaient les restes d'un château féodal, avec donjon et oubliettes. Un vieil homme à l'accent rocailleux nous conduisit en barque sur l'île du Lac noir.

Rendez-vous fut pris le lendemain matin, pour nous ramener sur le « continent ».

Pendant que mes parents montaient la tente – Xavier voulait dormir –, j'explorais l'île en me prenant pour Robinson Crusoé. J'en voulais à mon frère de ne pas m'accompagner. Nous avions été de grands bâtisseurs de cabanes pendant nos vacances précédentes.

La faim me ramena au campement et, là, je compris qu'il s'était passé quelque chose de grave. Mes parents soutenaient Xavier qui vomissait. Mon frère était à la fois raide et mou, blanc et rouge. Son regard paraissait lointain, indifférent. Maman lui essuya la bouche. Papa le porta sous la tente.

– Il est vraiment malade ! fis-je, effrayé.

Maman leva les yeux vers moi, et je reculai. Elle avait peur, elle était perdue. C'est horrible, une maman qui a peur.

Mon père sortit de la tente.

– Sa nuque est raide, murmura-t-il.

Je me souvins brusquement du médecin qui, à chaque angine, me faisait pencher la tête en avant, et qui me demandait, alors que j'étais couché sur le dos, de basculer les jambes en arrière. Ma mère m'avait expliqué qu'il vérifiait la souplesse de ma colonne vertébrale.

– Pourquoi ?

– À cause de la méningite...

La méningite, c'est une maladie très grave, qui survient spontanément ou après une fièvre infectieuse. Elle s'attaque aux méninges, c'est-à-dire au cerveau, et tous les parents la redoutent. Mais avec les antibiotiques, on en réchappe. À condition, bien sûr, d'être soigné sans délai.

Xavier n'était pas enrhumé. Il avait une méningite, et sur cette île, aucun docteur, aucun médicament ne pouvait le sauver.

Maman essayait de dissoudre un comprimé d'aspirine tandis que papa fabriquait une compresse fraîche avec les poches de liquide bleu qui réfrigèrent la glacière. Personne ne disait mot. De temps en temps, nous regardions notre montre. Le soleil se couchait à peine.

Ce fut la nuit la plus longue de mon existence. Xavier gémissait : il avait mal à la tête. Vers minuit, il perdit conscience. Les parents se disputèrent un peu, à cause du camping, de l'oubli du thermomètre, de la nuit dans l'île, mais maman se mit à pleurer et papa la prit dans ses bras. Je crois qu'ils m'avaient oublié.

Quand j'eus froid, je me glissai sous la tente et m'endormis en tournant le dos à Xavier. Le lendemain matin, je m'étonnai d'avoir faim. C'était pourtant normal, je n'avais rien mangé depuis le déjeuner de la veille. Je pris un morceau de pain que j'allai dévorer dans un coin, presque en cachette. Mes parents n'avaient pas fermé l'œil, tenant la main de mon frère, tâtant son front, lui parlant à mi-voix. En vain : il ne les entendait plus.

Nous étions debout sur la berge et nous scrutions l'horizon dans l'espoir d'apercevoir la barque.

– Il va mourir ? murmurai-je.

Dans la même collection

Copie double
de Marie Desplechin

Samia la rebelle
de Paula Jacques

Un tueur à ma porte
d'Irina Drozd

La peur de ma vie
de Marie-Aude Murail

Ce n'est pas de ton âge !
de Brigitte Smadja

Moi, le zoulou
de Marie-Aude Murail

Le garçon qui se taisait
d'Irina Drozd

Maldonada
de Florence Reynaud

Devenez populaire en cinq leçons
de Marie-Aude Murail

Le défi de Serge T.
de Marie-Aude Murail

Écoute-moi !
de Régine Detambel

Mon grand petit frère
de Brigitte Peskine

Coup de foudre
de Laurence Gillot

Un cadeau d'enfer
de Hubert Ben Kemoun

Reste avec moi
de Christian de Montella

Je l'aime, un peu,
beaucoup...
de Christian Grenier

Les confidences
d'Ottilia
de Marie Desplechin

Rêves amers
de Maryse Condé

Le traîneau d'Oloona
de Florence Reynaud

La nuit de l'évasion
de René Frégni

La momie décapitée
de Michel Amelin

Garçon manqué
de Hortense Cortex

Le visiteur de
l'an 2000
de Christian Grenier

Ma vie
est une galère !
de Boris Sitruk

La fille d'en face
de Malika Ferdjoukh

Le roi du jazz
de Alain Gerber

10-15 ans
je BOUQUINE
Un roman d'Anna Gavalda
35 kilos d'espoir
BD :
Le tour du Monde
en 80 jours
de Jules Verne
Bayard JEUNESSE
GALLIMARD JEUNESSE

Achevé d'imprimer en France
par l'imprimerie Hérissey
à Évreux (Eure)
N° d'éditeur : 6542
N° d'imprimeur : 93585

Deuxième édition